Brady Brady
et la super patinoire

Mary Shaw

Illustrations de Chuck Temple

Texte français de Jocelyne Henri

■SCHOLASTIC

Catalogage avant publication de Bibliothèque et Archives Canada

Shaw, Mary, 1965-
[Brady Brady and the great rink. Français]
Brady Brady et la super patinoire / Mary Shaw ; illustrations
de Chuck Temple ; texte français de Jocelyne Henri.

(Brady Brady)
Traduction de: Brady Brady and the great rink.
ISBN 978-1-4431-6364-4 (couverture souple)

I. Henri, Jocelyne, traducteur II. Titre. III.Titre: Brady
Brady and the great rink. Français

PS8587.H3473B73314 2018   jC813'.6   C2018-900660-9

Édition publiée par les Éditions Scholastic, 604, rue King Ouest, Toronto (Ontario) M5V 1E1 CANADA.

5 4 3 2 1   Imprimé en Malaisie   108   18 19 20 21 22

Brady aime l'hiver. Il aime l'hiver parce qu'il aime patiner.
Il aime patiner parce qu'il aime le hockey.
Brady ne pense à rien d'autre qu'au hockey.

Sa famille est en train de devenir *follllle*!
Il faut l'appeler deux fois pour attirer
son attention.

— Brady, Brady! Cesse de penser
au hockey et mange tes pommes
de terre.

— Brady, Brady! Brosse-toi les dents.

— Brady, Brady!
Prépare-toi pour l'école.

— Brady, Brady!
N'oublie pas ton lunch.

Sa famille s'est tellement
habituée à l'appeler deux fois
qu'elle le nomme tout simplement
Brady Brady. C'est plus facile de
cette façon.

Brady fait partie d'une équipe appelée les Ricochons.
Quand arrive la saison du hockey
et que les Ricochons commencent à jouer,
Brady pense encore plus au hockey
et encore moins au reste.

Quand Brady ne joue pas au hockey, il attend les chutes de neige.
Chaque matin, il saute du lit pour voir s'il a neigé durant la nuit.
L'été dernier, il a décidé qu'il construirait quelque chose
de super cet hiver!

Voilà qu'un samedi matin, la cour est couverte de neige.
— Yaou-ou! s'écrie-t-il en secouant le lit du chien.
Viens, Champion! Nous avons du travail à faire.

— Pas si vite, mon grand, dit son père en voyant Brady avaler
ses céréales à toute vitesse. Y a pas le feu!

— Non, papa, seulement de la neige. Beaucoup de neige!

Brady grimpe sur sa chaise.

— Aujourd'hui, je vais construire la plus
formidable patinoire du monde!
Les enfants de tous les coins
de la ville vont venir
jouer au hockey
dans la cour.

— Tu es fou, lui dit sa sœur. C'est beaucoup trop de travail.

— Brady Brady, ton nez va geler et tomber, l'avertit sa mère.

— Je t'aiderais bien, mais je suis allergique au froid, marmonne son père.

— Ce n'est pas grave. Je peux le faire tout seul, se vante Brady
en mettant son habit de neige, ses bottes et sa tuque.
Sa mère l'aide à mettre deux paires de mitaines pour ne pas
qu'il prenne froid.

Brady trace le contour de sa patinoire
en traînant ses pieds dans la neige.
Sa patinoire sera aussi grande
que la cour.

Avec la grosse pelle de son père, Brady soulève la neige et l'empile
sur les côtés. Les tas de neige sont de plus en plus hauts, mais pas assez
pour l'empêcher de voir sa sœur qui boit du chocolat chaud dans la cuisine.

Brady arrive à peine à tenir le sandwich que sa mère lui a apporté.
Tandis qu'il tape la neige pour égaliser la surface,
Brady se dit que ce sont ses bras qui vont tomber,
pas son nez.

Il fait presque nuit quand Brady termine son travail. Il prend une bouteille de jus de framboises et trace un cercle rouge. Avec une bouteille de jus de bleuets, il trace deux lignes bleues, comme sur une vraie patinoire de hockey. Il sort le boyau d'arrosage et inonde sa patinoire. L'eau gèle. Brady est sur le point de geler lui aussi.

Ce soir-là, il s'écroule sur son lit, à peine capable de bouger.
— Tu vois, maman, dit-il en reniflant, mon nez n'est pas tombé.

Le lendemain matin en se levant, Brady constate que sa patinoire
est enfouie sous la neige.

— Je t'ai dit que c'était trop de travail, lui dit sa sœur.

— Brady Brady, tu vas te transformer en bonhomme de neige,
l'avertit sa mère.

— Désolé d'avoir encore mal au dos, marmonne son père.

Après avoir pelleté pendant des heures, Brady inonde sa patinoire.
Mais voilà que Champion poursuit un écureuil et
Brady doit recommencer l'opération!

Encore une fois, ce soir-là, il s'écroule sur son lit,
à peine capable d'embrasser sa mère.

Les jours où il neige, Brady enlève,
à grandes pelletées, la neige
de sa patinoire.

Les jours où il fait très froid,
il inonde sa patinoire.

Et chaque jour, peu importe
s'il est fatigué ou s'il a froid,
Brady patine sur sa patinoire.

— La patinoire est trop bosselée, lui dit sa sœur.
— Tu vas t'épuiser, l'avertit sa mère.
— Je ne trouve pas mes patins, marmonne son père.

Brady patine pendant des heures.
Il s'entraîne à patiner à reculons, à s'arrêter
et à améliorer son coup de patin.
Champion se met parfois devant le filet
pour aider Brady à perfectionner
son lancer.

Le coup de patin de Brady
s'améliore de plus en plus.
Et juste à temps! Le lendemain,
les Ricochons disputeront leur match
le plus important, celui de la Coupe Givrée.

Ce soir-là, Brady porte son équipement.
Il est tellement excité qu'il se couche tout habillé.

Brady est le premier arrivé dans le vestiaire des joueurs.
Il accueille ses coéquipiers, en espérant qu'ils sont
aussi excités que lui.

Quand tous les joueurs ont mis leurs uniformes
et lacé leurs patins, ils se rassemblent au centre du vestiaire
et lancent leur cri de ralliement.

**« On est les plus forts,
On est les meilleurs,
On va les avoir… »**

… Qui a éteint la lumière??? »

Tout le monde attend… et attend encore.

Enfin, l'entraîneur prend la parole.

— On dirait que l'électricité est coupée dans tout le bâtiment. J'ai bien peur que le match de la Coupe Givrée ne soit annulé. Enlevez votre équipement.

Même s'il fait noir, Brady devine l'air de ses coéquipiers.
Il les entend gémir et grogner en délaçant leurs patins.
Tout le monde est aussi déçu que lui.

— Attendez! crie Brady. Je connais une super patinoire
où nous pouvons jouer.

Pour les joueurs, ce match de hockey
est le plus exaltant de tous les temps.

Tout le monde s'amuse tellement que personne
ne se préoccupe du pointage final!

Et quand Brady voit les mines joyeuses autour de lui,
il sait qu'il a construit la plus formidable patinoire
extérieure du monde. Une super patinoire!